우주선 탄 엄마

우주선 탄 엄마

송명숙 동시 · 박진주 그림

도토리숲

시인의 말

우주선을 타고 우주정거장에 도착하는 꿈을 꾼 적이 있나요? 미용실에서 파마 기계가 머리카락을 돌돌 말고 하늘을 향해 있는 모습이 우주선 같았어요. 살며시 눈을 감고 우주에 도착하는 상상을 했어요. 그때 두둥실 떠오르는 느낌이 들고 몸이 가벼워졌어요. 한참동안 하늘을 나는 상상을 했지요.

어른들도 어린이들처럼 상상하고 꿈을 꾸지요.

비 오는 날 우르르쾅! 천둥소리와 번개가 번쩍이며 공연한다는 상상, 소가 된다면 숙제를 안 해도 된다는 상상, 나무의 입장이 되어 보는 상상, 파리에게 말 걸고 파도와 놀이를 하는 상상을 했지요.

그리고 강아지 매미에게도 말을 걸었지요. 그랬더니 어느새 우주의 모든 만물이 친구가 되어 행복했어요.

동시집《우주선 탄 엄마》는 우주의 모든 만물에게 말을 걸었던 이야기가 담겨 있어요.

어린이 여러분도 우주만물에게 말 걸어 보세요. 그러면 행복해질 거예요.

《우주선 탄 엄마》동시집을 읽고 즐겁고 행복해지길 바랄게요.

새해를 며칠 앞두고
송명숙

차례

2부 모기의 잔소리

3부 피자 얼굴

4부 차단기의 친구

1부

개구리네
가족 회의

구름 꽃

비행기 지나간 하늘에
생겨난
하얀 구름 꽃길,

길 내준 하늘에게
비행기가 주고 간
구름 꽃 선물.

13

따라쟁이 파리

졸졸 따라 다니는 파리
아침밥 먹을 때
어느 틈에 맛보고

교실에서 책 펴면
먼저 앉아 글씨 읽고

학원가면 내 주위를
빙빙 돌다가
문제집마다 읽고

저녁밥 먹을 때
고기 맛보고
숙제하려고 공책 펴면 먼저 들여다본다

-너 내 대신 공부할래?

14

강아지가 무서워하는 것

나는 주인아줌마가 무섭다
- 화장실에 신문 깔아 놓았는데 왜 여기다 싸는 거야?
내가 거실에 오줌을 싼 날
신문지로 나를 때렸다

주인아줌마보다 신문지가 더 무섭다
신문지 퍽! 소리에
깜짝 놀랐다.

개구리네 가족회의

어느 비 오는 밤
개구리네 가족이 아파트 웅덩이에 모여 가족회의를 했대요.

- 개술개술 (논술학원 그만 다닐래.)

- 개구르르 (영어 학원 다니기 싫어.)

- 개골골골 (애들이 힘들어하니 보내지 말아요.)

- 개끝개끝 (안 돼요. 다른 애들에게 뒤쳐져요.)

- 개실개실 (시골 살 때는 학원 안 가도 좋았었는데…….)

- 개굴개굴 (맞아. 다시 시골로 내려가고 싶어.)

한밤 개구리네 가족회의
밤새도록 끝날 줄을 몰랐대요.

감기

감기약 먹고 버스 탔는데

몸이
   어
      질
   어
      질!

버스도
   흔
      들
   흔
      들!

버스도
감기약 먹었나?

찢어진 내 신발

돌멩이도
퍽! 차보고

축구공도
뻥! 차보고……

그러다가 찢어진 줄
까맣게 몰랐네.

신발주머니에
거꾸로 처박혀 있는

찢어진
내 신발.

봄 새싹

새싹은 일학년
봄 선생님 말씀에

연둣빛 손으로
저요! 저요!
앞 다퉈 손든다.

궁금해

입을 움질움질,
꼬르륵꼬르륵,
되새김질하는 소.

- 너는 하루에 몇 번씩 밥을 먹니?
  먹은 것 다시 되새김해도
  배가 부르니?

아무리 물어도
입만
움질움질,

꼬르륵꼬르륵,
되새김질만 하는
소.

내 말 들리니?

아름답다고
내 잎 다 주워 가면서

사람들은 왜
얼굴을 그렇게 찡그리는 거야?

크고 좋다고
열매도 다 주워 가면서

사람들은 왜
코를 손으로 틀어막는 거야?

내가 뭘 어쨌다고!

나를 잡고 흔들면 어지럽다고!
하늘이 빙빙 돌 때가
한두 번이 아니었다고

사람들은 정말 이상해
기침 예방에 최고라며
나를 따 갈 때는 언제고

똥 냄 새 난 다 고?

내 말 들리니?
난 은행나무야!

새싹들

파릇파릇
갓 나온 새싹,

총총총
갓 들어온 일 학년,

갓 나오고
갓 들어온 것들

새롭다.
눈부시다

수줍은 파도

파도가 달려오면서
- 나랑 놀래? 하더니
이내 스르르 숨어 버리고

다시 달려오면서
- 나랑 놀래? 하더니
이내 또 스르르 숨어 버리고……

나도 파도와
놀고 싶은데

대답도 하기 전에 숨어 버리는
수줍은
파도

파도가 달려올 때
-파도타기 놀이 할까? 말했는데
스르르 숨어 버리고

다시 달려올 때
-오래 버티기 시합할까? 말했는데
스르르 숨어 버리고

파도와 놀고 싶은데
대답도 하기 전에
스르르 숨어 버리는
수줍은
파도.

태풍에게

나무들 뿌리째 뽑고,
유리창 와장창 깨뜨리고,
간판 철커덕 떨어뜨리고…….

태풍아,
무엇 때문에
화가 난 거니?

핑계대고
학원 빼먹은 내가
미워진 거니?

엄마 말
잘 들을게.
그만 멈춰 줘.

폭풍 불던 날

폭풍 부는 날
마당에 라일락 나무가
쓰러졌다

아빠가 톱으로
나무 밑동만 남기고
다 잘랐다

바람을 막지 못해
미안해!
라일락 나무가 울고,

지켜주지 못해
미안해!
톱도 울고……

쓱쓱!
싹싹!

폭풍 불던 날
톱과 나무가
함께 울었다.

머리 감는 나무

소낙비 오는 날
나무가 머리를 감는다

소낙비는 뻣뻣한 머리카락에
물을 뿌리고,

바람은 드라이어로
비에 젖은 나뭇잎 머리카락
솔솔 말려 주면

비에 젖은 나뭇잎
물방울 후루룩 떨어진다.

사람이 되고 싶니?

새우깡 봉투 든
동생 옆으로
빙빙 돌며 다가온 갈매기.

순식간에 봉투 잡아채 물고
멀리 날아간다.

갈매기야!
진짜 새우 잡아먹는 일
잊어버렸니?

동생 새우깡 빼앗아 먹지 말고
싱싱한 바다 새우
잡아먹으렴.

2부
〰

모기의 잔소리

똑같아

알람 울리는
휴대전화기

대답 안 하면
징징 거리는

내 동생과 어쩜
그리 똑 같니?

네가 좋아

짝꿍에게
최면 걸고 싶다
수리수리 마수리!
나를 좋아하라 얍!

- 나를 누구라고 생각하니?
- 아주 좋아해

술술 대답하는
내 짝꿍

나도 얼른
대답해 줘야지.

- 나도, 나도
너를 좋아해!

비둘기가 준 선물

에어컨 실외기 위에
꾸르륵 꾹꾹! 놀고 있는 비둘기

할머니가 빗자루를 들었다
- 안 돼요. 놀고 있잖아요
- 똥 싸고 더러워서 안 돼

나는 소리쳤다
- 빨리 도망가!

꾸르르! 꾸르르!
날아가던 비둘기가
깃털 한 개를 떨어뜨렸다

고맙다고 준
선물인가 보다.

소낙비 초대장

하늘이
보낸

천둥과 번개 공연
초대장

쏴아! 쏴아!
소낙비 초대장

천둥과 번개
우르르 꽝!
번쩍 번쩍!
공연에 초대합니다.

소낙비 올림

숙제하기 싫은 날

밖에 나가 놀고 싶은데
잘 보이던 산이 뿌옇게 보인다
숙제하기 싫은데
마스크 쓰고 밖으로 나가 놀까?
그러면 엄마가 나를 찾아다닐 거야

엄마 이렇게 말 할 거야
- 미세먼지 해롭다는데 숙제 안 하고 왜 나왔어?

- 물로 가는 차 발명해서
환경 살리고 미세먼지 없애려고 연구하러 나왔어요
하면 엄마는 뭐라고 할까?

미세 먼지 많은 날 일기 끝.

소원 들어주세요

키다리라고 놀림 받아
학교 다니기 싫다는 친구와

키가 작아
항상 앞에만 서는 게 싫은 내가

서로 눈 꼭 감고
기도했다.

- 하느님!
내가 친구가 되고

친구가 내가 되게
키를 꼭 좀 바꿔 주세요.

쿵쿵 소리 안 낼 수 없니?

거실로 방으로
뛰어다녔더니
아래층 아줌마가 올라왔다

-쿵쿵 소리 안 낼 수 없니?

바닥에 엎드려
무릎으로 살살
기어 다니는데

아래층에서
딩딩동동!
피아노 소리가 들려왔다

우리는 벌떡 일어섰다.

- 우리도
  딩딩동동!
  뛰어놀자.

45

편식하는 까치

옥수수를 콕콕콕
찍어 먹던 까치

햄버거를 줬더니
갸우뚱한다

빨간 파프리카를 줘도
갸우뚱한다

햄버거도 안 먹고
파프리카도 안 먹고

알고 보니 까치는
편식장이다.

마음의 입

즐거울 때
웃음이 샘물처럼 나오는
나의 입

화날 때
거북이 등껍질 속에
목을 쏙 집어넣듯
마음속에 쏙 넣고
삐쭉거리는
나의 입

내 마음을 들켜 버리는
나의 입.

하느님은 통화 중인가 봐요

기도를 했다.

예쁘다고 칭찬만 받는 현서를
못생기게 해 주시고,
공부 잘 하는 지서를
시험 못 보게 해 주시고,
얄미운 민지는 인라인스케이트 타다가
넘어지게 해 주시고…….

전화가 왔다.

여기는 하늘전화국입니다.
원하시는 번호를 눌러 주시기 바랍니다.
자신을 위한 기도는 1번,
친구를 위한 기도는 2번,
하느님과 상담을 원하시면
0번을 눌러 주시기 바랍니다.

2번을 꾹 눌렀다.

잘못 눌렀습니다.
친구를 위한 기도가 아닙니다.

0번을 꾹 눌렀다.

통화량이 많아 전화를 받을 수 없습니다.

그리곤 소식이 없는 하늘전화국,
하느님은 지금 누구랑 통화하고 계실까?

모기의 잔소리

- 운동 좀 해! 앵!
- 밥 조금만 먹어! 앵앵!
- 반찬 골고루 먹어! 앵앵앵!

엄마가 외출한 사이
모기가 외쳐댄다.

내 귀에 대고
앵!
　　앵!
　　　　앵!

앵! 앵! 앵!

달님과 해님

달님은 왜
깜깜한 밤에만 나오세요?

반짝반짝 별들과
어울려 놀려고요.

해님은 왜
환한 낮에만 나오세요?

꽃, 나무, 개미들과
숨바꼭질하려고요.

배부른 트렁크

여행가는 날
하마보다 입을 더 크게 벌리고
트렁크가 짐을 받아먹어요.

쌀, 라면, 김치, 수박……,
차례차례 받아먹고,
돗자리, 옷가방, 튜브, 물통……,
차곡차곡 받아먹고,

그러고도 입 벌리고
아빠 가방, 엄마 가방,
내 장난감, 동생 장난감……,

모조리 다 받아먹는
욕심쟁이 트렁크!
배불뚝이 트렁크!

트렁크는 배가 불러 헉헉!
차는 씽씽!

햇볕 쨍쨍한 날

공원에 차를 세워 두고
아빠랑 함께
상점에 들렀다.

다시 돌아온
차 안은
화가 났는지
차 안이 너무 뜨거웠다.

내 옷만 샀다고
화를 낸 걸까?
너무 늦게 왔다고
화를 낸 걸까?

아빠도 미안한지
아무 말 없이
애꿎은 문만
열었다, 닫았다 했다.

3부

피자 얼굴

상상력 때문에

안경 쓴 치과의사 선생님이
나보고 이를 벌리라는 거야
내 머릿속은 상상으로 가득 찼어.
'치과의사 드소트 선생님' 동화가 생각난 거야.

동화 속 치과의사 선생님은
큰 동물 치료할 때는
도르래를 타고 올라가서 이를 치료하고
작은 동물은 의자에 앉히고 치료를 해 주는 쥐 선생님인데
어느 날 여우가 이를
치료를 받으면서 자꾸 입맛을 다셨어.
눈치 챈 쥐 선생님은 치료가 끝나고
여우 이에 본드를 발라 주었지.

그런데 말이야.
내 이를 치료하려는 선생님이
마치 쥐 선생님처럼 보이는 거야.
나는 벌렸던 입을 꽉 다물었지.

영문을 알 리 없는 의사 선생님은
연신 '아~아~' 하면서
나를 바라보시는 거 있지?

바닷가에서

-머리에 새똥 맞으면
-좋은 일 생긴대!

갈매기가
머리 위로 날아간다.

혹시
나에게도⋯⋯.

반사

급식 먹을 때마다
-김하나 밥 싸 먹게 이리 와
하며 손짓하는 은철이

내 이름 놀리는 재미에
학교에 오는가 보다

그때마다 반사를 했는데도
그것도 모르고 계속 놀린다

손을 쫙 펴고 힘차게 외쳤다.

반사! 반사! 반사!

발표시간

발표시간에 숙제 못해 가슴이 쿵쿵 뛰어
쩔쩔매고 있는데
내 손 잡고
숙제한 거 쓱 밀어 준
짝꿍

쭈뼛거리며 발표했다.

떠듬거리며 읽는 나에게
이상하게 읽는다고 소리치는 반 아이들
당황한 나를
잘했다며 칭찬 약을 발라 준 선생님
상처 금세 아물겠다.

우리할머니

소원 컴퓨터

컴퓨터에
'키위'를 치면
할머니 좋아하는
과일 나오듯이

'우리 할머니'
하고 치면
함박 웃는 할머니가
나오게 할 수는 없을까?

피자 얼굴

선생님 얼굴도
짝꿍 얼굴도

동그란
피자로만 보이는 건

피자
사 준다던

엄마
약속 때문.

소가 된다면

할머니가 밥 먹고 금방 누우면
소가 된다고 했어.
만일 그렇다면 공부 안 해도 되고
학원을 안 다녀도 되는 거 아냐?

내가 소가 되면 엄마는
울면서 나를 찾아다니겠지?
엄마가 많이 슬퍼하면 전래 동화에 나오는 소처럼
무 먹고 변신하면 되지, 뭐!
눈 지그시 감고,
두 손바닥에 힘을 주고
소처럼 기어 보려는데,

- 애들아, 소고기 먹으러 가자!
들려오는 엄마 목소리.

- 안 돼!

수리 중

엘리베이터 문에
'수리 중'
쪽지가 붙어 있다.

23층까지 다니느라 힘들어서
나처럼 감기라도
걸린 걸까?

'빨리 치료 받고 나아.'

엘리베이터 문에 써 붙이고
23층까지
걸어 올라갔다.

픽픽 아리랑

취구에 입술 대고
손가락으로 지공 막았다 떼었다
아리랑 연습하는
우리 엄마

배운지 한 달 된
초보 엄마 대금소리가
픽픽!
웃고 있다

- 무슨 노래야?
 동생이 묻고
-픽픽 아리랑이야
 내가 대답하고

대금이 픽픽!
동생과 나도 픽픽
서툴러서 즐거운
픽픽 아리랑.

쑥스러운 상장

목발 짚고 다니는 내 짝꿍
화장실 갈 때
함께 가 주고

급식 먹을 때
함께 앉아 먹고

수업 끝나고
짝꿍 엄마 올 때까지
함께 논 것뿐인데

어느 날 나는
선행상장을 받았다
쑥스럽다.

이름 바꿀래요

내 이름은 김하나
점심시간에 우리 반 친구들이
- 김하나 이리와 밥 싸 먹게
하고 놀려요

김구슬로 이름 바꿀래요
그때도 밥 싸 먹는다고 할까요?

일등과 꼴등차이

- 계란이 왔어요! 계란이!
꽃도 있어요

오후 다섯 시가 되면
알람시계처럼 학원가는 시간 알려 주는
아줌마 목소리.

- 비 오는 데도 왔구나.
일등 아줌마야.

비 온다는 핑계 삼아
학원 안 가려고 꾸물거리는
내 마음을 아는 걸까?

- 얼른 학원 가! 아줌마 아들은
제가 알아서 학원에 잘 간다잖니?

엄마가 알려 준다.
좁힐 수 없는
일등과 꼴등 차이.

자동차 브러시

비만 오면
신이 나는 자동차 브러시,

쓰윽싸악!
노래하는 자동차 브러시.

빗방울이 많을수록
더욱 신나는 자동차 브러시,

쓱싹쓱싹!
온몸으로 춤을 추는 자동차 브러시.

햇빛 쨍쨍한 날은
잠자고

비 오는 날은
놀 수 있어서
너는 참 좋겠다

나도
철벙! 철벙!
물 튀기며 놀고 싶다.

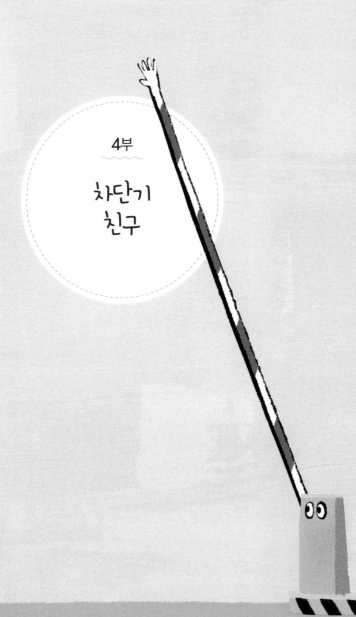

4부

차단기
친구

몰래 카메라

한창 게임에 팔려 있는 나를
꼼짝도 않고 들여다보고 있는

방충망의
매미 한 마리

혹시
엄마가 시켰나?

나를 감시하라고.

감기 엎어치기

감기로 쓰러졌던 엄마가
업어치기 기술이라도 부렸는지
툭툭 털고
일어났다.

그간 내가 했던
서툰 살림,
뭐라 할 줄 알았는데
한 마디 말이 없다.

항상 같이 살던
잔소리도
엄마 업어치기 기술에
그만 나가떨어진 걸까?

현무암 닮고 싶다

솔솔 바람이 들어갔다가
솔솔 그대로 빠져나온다지.

그래서 현무암은
무겁지 않다지.

동생과 싸우고
동생을 미워했던 마음도
엄마한테 꾸중 듣고
속상했던 마음도

모두 솔솔 빠진다면
얼마나 좋을까

나도 제주도 현무암
닮고 싶다.

엄마의 오해

- 서터 마우스!
엄마 목소리에 꼬리 내리고
눈만 껌벅이는 강아지

- 신기하네
영어도 아네

아닌데,
엄마의
큰 목소리 때문인데.

엄마표 내비게이션

엄마는
내비게이션

영어학원 끝나면
논술학원 갈 길
논술학원 끝나면
피아노학원 갈 길

척척 안내하는
내비게이션

고장도 안 나는
엄마표 내비게이션.

의심해서 미안해

소파 밑으로 굴러간
동전을 꺼내려고 엎드렸다

그런데 잃어버렸던 샤프와
아꼈던 왕딱지가
소파 밑에서 먼지를 베고
잠들어 있다.

그때마다
동생을 의심했었는데…….
놀고 있는 동생을 보며
내가 겸연쩍게 웃었다.

영문도 모르는 동생은
나를 따라
활짝 웃었다.

우주선 탄 엄마

엄마가 미용실에서
머리에 우주선을 이고
기분이 좋은지
노래까지 흥얼거린다.

우주선을 타고
외계인이라도 되고 싶은 것일까?
걸핏하면 엄마는
우주에 가 보고 싶다고 했는데

혹시 엄마가
우주선 타고 하늘로 날아갈까 봐
조마조마

하늘을 향해 솟아있는 머리카락은
발사 직전
가슴 졸이며
바라보았다.

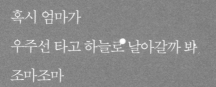

89

차단기 친구

아파트 차단기는
아빠
친구다

아빠 차를 볼 때마다
긴 팔을 하늘로
번쩍 올리고
알은체한다

축구광 아빠

나하고
축구하다 발목을 다친 아빠,
입술에 손가락 대고
쉬- 한다.

전에도 축구하다
넘어져 무릎 다치고,
헤딩하다 이마 꿰매고,
강슛! 하다 발톱 빠졌는데

- 엄마가 알면
  큰일이야! 쉬-

절룩이는 아빠를 부축하며
나는 조심조심 현관문을 열었다.

쉬-.

힘센 내 동생

엄마 뒤만 졸졸졸
따라다니는 동생
설거지 할 때도 졸졸졸
청소 할 때도 졸졸졸

동생 잠들면
그때서야
후다닥 설거지하고
후다닥 청소하고

동생 깨면 금세
하던 일 멈추는 엄마
내 동생은 침 힘이 세요
엄마도 꼼짝 못한다고요.

팥쥐 엄마

작년에 엄마 생일 선물로
설거지 했는데

이번에는
엄마표 졸업장
만들어 달라고 떼쓰는 엄마

동생과 나는
엄마 말하는 대로 받아 적었다

밥상 차리기 졸업했어도
아빠 밥은 꼭 차려 주는 엄마
공평하지 않다고 따지는 나에게
아내 밥상 졸업장은 안 썼다는 엄마

우리 엄마는 팥쥐 엄마일까?

엄마표 밥상 졸업장

엄마

　엄마는 밥상 차려주기를 졸업하고 쉬는 시간 만들어 드리고 스스로 밥 찾아 먹기를 약속하며 이 졸업장을 드립니다.

2024. 12.9

아들 딸 올림

축하 메시지

우리 집 대문 번호 키는
엄마 아빠 결혼기념일.

번호만 누르면
환하게 축하 메시지 보내 주지요.

삐리리릭!(축하합니다.)
삐리리릭!(축하합니다.)

기쁜 날에도 삐리리릭!
슬픈 날에도 삐리리릭!

언제라도 변함없이
환하게 축하 메시지를 보내 주지요.

삐리리릭!(축하합니다.)
삐리리릭!(축하합니다.)

할머니 눈과 무릎

눈앞이 뿌옇다며
바늘귀를 더듬고 계시는 할머니,

- 할머니, 제가 꿰어 드릴게요.
- 아이고, 내 새끼, 네가 눈이로구나

바늘귀를 꿰어드리고,
얼른 일어나
가위도 갖다드렸다.

눈만 아니라
할머니 아픈 무릎도
되어드렸다.

할머니 다리 샤워하면 될까?

- 다리가 말을 듣지 않네.
- 병원 가면 되잖아요?
- 나이 먹어서 고장 난거라 병원에서도 못 고쳐.
- 운동하면 다리가 튼튼해진대요. 걷기운동 하세요.
- 무릎 아파서 걷기도 힘들어.

할머니 다리
고칠 수 없을까?
샤워 해 드리면 될까?

세차장에서 샤워한 아빠 차는
힘을 내 시원하게 잘도 달리던데…….

할머니 말씀

우리 집으로 이사 온
할머니네 절구
유리로 입 막고
화분 올려놓았다

시골집 대문 옆에 앉아
고추 찧고
콩 빻고
고양이 놀이터 되던
할머니네 절구

유리 뚜껑 벗겨 주면
돌아가신 할머니 음성
들을 수 있을까?
내 얼굴 어깨 토닥이며

- 엄마 잘 듣고 공부 잘혀!
하시며 등을 두드려 주시던
정겨운 말씀
다시 들을 수 있을까?

어린이들의 세상을 꿰뚫어 보는 눈

문삼석(동시인)

1. 새로운 것들은 눈부시다.

파릇파릇
갓 나온 새싹,

총총총
갓 들어온 일 학년,

갓 나오고
갓 들어온 것들

새롭다. 눈부시다.

- 〈새싹들〉 전문

봄이 왔어요.

들에는 파릇파릇 새싹이 돋아나고 있어요. 추위에 덜덜 떨던 나무들도 이제 보니 파릇파릇한 새싹들을 차곡차곡 가지에 내다 걸고 있네요.

학교는 어떤가요?

귀여운 꼬마들이 엄마 손을 잡고 교문으로 들어서고 있어요. 아이들은 뭐가 그리 신기한지 두리번두리번 사방을 살피기에 바빠요. 올해 일학년이 되는 신입생들인가 봐요.

파릇파릇 돋아난 새싹들이 앙증맞듯이 이제 갓 교문을 들어서는 어린이들도 귀엽기 짝이 없군요.

세상의 모든 것들이 다 그런가 봐요. 갓 나온 것들은 다 새롭고 귀엽거든요.

새싹들을 상상해 보세요. 지금은 작고 여리지만 머지않아 울창한 숲이 될 거예요. 그러기 위해 열심히 줄기를 세우고 가지를 쑥쑥 뻗어 나가겠지요.

우리 신입생 꼬마들도 다를 바가 없어요. 지금은 꼬마지만, 머지않아 나라와 사회를 이끌어나가는 훌륭한 인재들이 아니겠어요? 그러기 위해 나날이 쑥쑥 커나가겠지요.

시작이 좋으면 끝도 좋다는 말이 있어요. 모두가 새로운 마음과 각오로 힘찬 출발을 한다면 다가오는 새날들은 햇살처럼 반짝반짝 빛날 거예요.

봄은 참 좋은 계절이에요. 갓 나온 새싹이나 갓 들어온 꼬마들처럼 새로운 꿈들이 무럭무럭 자라는 계절이거든요.

봄은 새로워요. 그리고 눈이 부셔요.

2. 개구리들의 소원

어느 비 오는 밤
개구리네 가족이 아파트 웅덩이에 모여 가족회의를 했대요.

- 개술개술 (논술학원 그만 다닐래.)
- 개구르르 (영어 학원 다니기 싫어.)
- 개골골골 (애들이 힘들어하니 보내지 말아요.)
- 개끝개끝 (안 돼요. 다른 애들에게 뒤처져요.)
- 개실개실 (시골 살 때는 학원에 안 가도 좋았었는데…….)
- 개굴개굴 (맞아. 다시 시골로 내려가고 싶어.)

한밤 개구리네 가족회의,
밤새도록 끝날 줄을 몰랐대요.

- 〈개구리네 가족회의〉 전문

개구리네 마을이 떠들썩해요. 무슨 일일까요? 가만히 들어볼까
요? 아, 그렇군요. 논술학원에 가기 싫다고, 영어학원도 가기 싫다
고 떼를 쓰고 있군요. 떼를 쓰는 아이들은 이사 온 아이들인가 봐

요. 오기 전에 살던 시골로 다시 돌아가고 싶다고 하네요.

아빠는 아이들 편인가 봐요. 아이들이 힘들어 하니 학원에 보내지 말자고 하네요. 엄마는 반대를 하는군요. 학원에 가지 않으면 금세 다른 아이들에게 뒤쳐진다고 하면서요.

그러고 보니 우리 사람들 이야기와 다를 바가 하나도 없네요. 학원가기 싫어하는 아기개구리들의 마음이나, 싫어하는 줄 알면서도 기어코 학원에 보내야 한다는 엄마들의 마음이 정말 똑같아요.

누구 말을 들어야 할까요? 학원에 가기 싫어하는 아기들의 소망을 들어줘야 할까요? 남에게 뒤처지지 않는 개구리가 되기 위해 학원엘 잘 다녀야 할까요?

글쎄요. 결론이 쉽게 날 것 같지는 않아 보이는군요.

문제는 어떻게 결론이 나든, 회의가 끝난 뒤에는 어느 누구도 섭섭해 하지 않아야 한다는 점이에요. 그러기 위해서는 회의가 더 오래 진행되어야 할지도 모르겠어요.

과연 개구리네 가족은 다음날 시골로 내려갈까요? 지금처럼 평상시의 아침을 시작하게 될까요?

쉽게 결론이 날 것 같지가 않네요.

3. 엄마의 잔소리는 보약이다

- 운동 좀 해! 앵!
- 밥 조금만 먹어! 앵앵!
- 반찬 골고루 먹어! 앵앵앵!

엄마가 외출한 사이
모기가 외쳐댄다.

내 귀에 대고
앵!
　앵!
　　　앵!

앵!　앵!　앵!

-〈모기의 잔소리〉 전문

　엄마가 계실 땐 몰랐는데, 외출을 하시자마자 기다렸다는 듯이 모기가 공격을 해 오네요.
　앵, 앵, 앵, 앵!
　마치 귀에 대고 사이렌을 울리듯이 말이에요. 귀를 틀어막아 보지만 알미운 모기소리는 막무가내예요.
　그런데……,

모기가 외치는 소리가 좀 이상해요.

- 운동 좀 해. 앵!
- 밤 조금만 먹어. 앵앵!
- 반찬 골고루 먹어. 앵앵앵!

이건 모기가 하는 말이 아니잖아요? 바로 평상시에 귀에 딱지가 생기도록 들었던 엄마의 꾸지람과 똑같아요. 움직이기 싫어 빈둥 거리는 나를 보고 하는 말, 운동해, 밥만 보면 허겁지겁 우겨넣은 나를 보고 하는 말, 제발 밥 조금만 먹어. 그리고 맛있는 반찬만 골라먹는 나를 보고 하는 말, 반찬 좀 골고루 먹어! 그러니까 내 귀에 붙어 사이렌처럼 울려대던 모기 소리는 그간 엄마에게 들었던 지 겨운 목소리였던 거예요. 세상에! 그간 얼마나 많이 들었으면 쌓 이고 쌓여 모기소리가 되었을까요? 생각해보니 참 부끄럽네요. 모 두 내 나쁜 버릇 때문이거든요. 갈 곳을 몰라 헤매거나 방향을 잃 고 허둥댈 때 엄마는 언제나 사이렌처럼 바른 길을 일러주시죠. 그렇지만 그 길을 따르지 않거나 비뚤어진 길을 가려고 했던 게 지 금까지의 내 버릇이었어요. 엄마의 잔소리는 잔소리가 아니지요. 우리들을 바르게 키워주는 사랑의 사이렌이에요. 모기 소리는 고 마운 엄마 목소리로군요.

4. 서툴러서 즐겁다

한쪽에 입술 대고
열 손가락 막았다 떼었다,
아리랑 연습하는
우리 엄마.

배운지 한 달 된
초보 엄마 대금 소리가
픽픽!
웃고 있다.

무슨 노래야?
동생이 묻고,
픽픽 아리랑이야.
내가 대답하고……,

대금이 픽픽!
동생과 나도 픽픽!
서툴러서 즐거운
픽픽 아리랑.

- 〈픽픽 아리랑〉 전문

엄마의 대금 소리가 이상해요. 마치 풍선에서 바람 빠지는 소리 같거든요. 하긴 대금을 배운지가 겨우 한 달 정도이니 엄마를 탓할 일은 아닌지도 몰라요. 그렇더라도 뭐든지 척척박사인 엄마가 그렇게 헤매는 걸 보면, 대금이라는 악기가 그리 만만한 악기는 아닌가 봐요.

동생도 고개를 갸웃거려요. 무슨 노래냐고 묻네요. 대뜸 생각이 났어요. 픽픽 소리가 나니까 픽픽 아리랑, 그래. 나는 픽픽 아리랑이라고 가르쳐줘요.

동생이 픽픽 웃어요. 나도 동생을 보며 픽픽 웃어요. 픽픽 아리랑, 픽픽 아리랑.

그러거나 말거나 엄마는 열심히 대금을 불고 있어요. 픽픽 바람이 새도 포기하지 않고 열심히 불어요. 픽픽! 픽픽!

엄마는 참 끈질겨요. 우리가 아무리 픽픽 아리랑이라고 놀려도, 진짜 멋진 아리랑을 연주할 수 있을 때까지 열심히 연습할 거예요. 한 번 마음먹은 일은 지금껏 그만두는 걸 볼 적이 없으니까요.

엄마는 바로 그런 점을 우리에게 보여 주고 싶은지도 몰라요. 우리를 보면 뭐든지 열심히 하라고 늘 채근하시거든요.

그나저나 엄마의 서투른 픽픽 아리랑 때문에 우리 집 안에는 즐거운 웃음 바이러스가 가득 퍼졌어요.

픽픽 아리랑, 픽픽아리랑 만세예요.

소파 밑으로 굴러간
동전을 꺼내려고 엎드렸다.

그런데 잃어버렸던 샤프와
아꼈던 왕딱지가
소파 밑에서 먼지를 베고
잠들어 있다.

그때마다
동생을 의심했었는데…….
놀고 있는 동생을 보며
내가 겸연쩍게 웃었다.

영문도 모르는 동생도
나를 보며
활짝 따라 웃었다.

－〈의심해서 미안해〉 전문

동전을 떨어뜨렸어요. 또르르 굴러가요.

그런데 왜 하필 찾기 어려운 소파 밑으로 굴러가는 걸까요?

잔뜩 허리를 굽혀서 소파 밑을 훑어 보았어요.

아, 찾았어요. 아니, 그런데 눈에 들어온 게 또 있어요. 샤프와 왕딱지예요. 반가워요. 생일 선물로 받았던 샤프도 반갑지만 선우 딱지를 꼼짝 못하게 했던 왕딱지가 그렇게 반가울 수가 없어요. 야아! 소리를 지르려다 그만 입을 틀어막아요. 잃어버렸을 때의 일이 생각났거든요. 동생을 의심해서 분풀이를 했었던……

꺼내려다 말고 혼자 장난감 놀이를 하고 놀던 동생을 힐끗 바라보았어요. 동생도 나를 바라보아요. 겸연쩍게 씩 웃어 주었어요. 영문을 모르는 동생도 나를 따라 씩 웃어요. 미안해! 너를 의심해서……

그러고 보니 내가 잘못을 저질러 놓고도 남을 의심했던 일이 많았던 것 같아요. 부끄러운 일이에요.

동전 한 닢이 그간의 내 잘못을 뉘우치게 해 주네요.

고마워. 동전아. 그리고 미안해. 동생아.

6. 마음을 비우는 법

솔솔 바람이 들어갔다가
솔솔 그대로 빠져나온다지.

그래서 제주도 현무암은
무겁지 않다지.

친구 미워하던 마음도
꾸중 듣고 화나던 마음도

모두 솔솔 빠진다면
얼마나 좋을까?

나도 제주도 현무암
닮고 싶다.

- 〈현무암 닮고 싶다〉 전문

잘못을 저질렀거나, 해야 할 일을 못했을 때 우리들 머리는 무거
워져요. 친구와 다투고 화해를 하지 않았을 때도 마음은 무거워지
지요. 돌덩이처럼 말이에요.

머리가 무거우면 세상을 사는 즐거움이나 재미가 없어져요.

우리들 머리를 무겁게 만드는 것은 바로 세상을 어둡게 만드는

욕심들 때문이에요. 그러므로 이 어두운 욕심을 없앨 수만 있다면 머리를 가볍게 만들 수가 있어요.

어떻게 하면 이 어두운 욕심을 버릴 수 있을까요?

그 방법을 제주도 현무암이 가르쳐주고 있어요.

제주도 현무암은 표면에 많은 구멍이 숭숭 뚫려 있어요. 그래서 아무리 센 바람이 불어와도 그 바람을 안에 담아두지 않고 숭숭 뚫린 구멍으로 흘려보내 버리죠. 그러니 가벼울 수밖에요.

화, 미움 같은 어두운 생각이 들어오더라도 제주도 현무암처럼 그냥 한 귀로 흘려버릴 수만 있다면 우리들 마음이 얼마나 가벼울까요?

우리는 흔히 마음을 비운다는 말을 많이 하고 살아요. 마음을 비운다는 얘기는 생각을 아예 하지 않는다는 뜻이 아니에요. 화나 미움 같은 어두운 마음을 불러오는 욕심을 버린다는 뜻이에요. 이 어두운 욕심이 바로 무거운 마음을 만들거든요.

쓸데없는 욕심을 버림으로써 언제나 가벼운 마음으로 살아가는 현무암이 참 부럽군요.

지금까지 우리는 송명숙 시인의 작품들을 감상해 보았어요. 송명숙 시인의 작품들은 머리로만 상상해서 쓴 작품들과는 많이 달라요. 어린이들의 생활 속으로 깊숙이 들어가서, 그들이 무엇을 싫어하고 어려워하는지, 그리고 그들이 진정으로 바라는 바가 무엇인지를 잘 보여 주고 있어요. 그리고 폭도

넓어요. 천진무구한 꿈의 세상이 그려지는가 하면, 가족 간의 사랑과 미움이 엇갈리는 현실 세계도 보여 주고 있어요. 무엇보다 살아있는 어린이들의 실상을 붙잡고자 하는 노력이 두드러지게 보이는군요. 여러 어린이들의 좋은 친구가 되었으면 좋겠어요.

동시 송명숙

아이들과 오랫동안 수업을 하며 어울려 놀기를 좋아했습니다. 아이들이 말하는 소리를 들으며 같이 공감하고 나눈 이야기가 동시가 되었습니다.

시집으로 《낮에 떨어진 별》, 《여섯 개의 관절이 간지럽다》, 동시집으로 《버스 탄 꽃게》, 《옹알옹알 꼬물꼬물》, 《현무암이 되고 싶다》가 있습니다. 동요 작사로 〈단풍잎〉 〈개나리꽃〉 〈버스 탄 꽃게〉, 〈개구리네 가족회의〉, 〈수줍은 파도〉, 〈옹알옹알 꼬물꼬물〉 들이 있습니다.

박화목 문학상, 한국아동문학작가상, 올해의 좋은 동시집으로 선정되었고, 광명예술대상, 광명문학상, 동서문학상, 광명시 전국문학상을 받았습니다. 현재 민화를 그리고 한국화 작가로 활동하고 있습니다.

메일: kyuja-ssi@hanmail.net

그림 박진주

홍익대학교에서 시각디자인을 공부하고, 그래픽 디자이너로 일했습니다. 현재는 프리랜서 일러스트레이터로 어린이책에 그림을 그리며, 캘리그래피 작가로도 활동하고 있습니다.

그린 책으로 《짝 바꾸는 날》, 《뻥튀기 학교》, 《수다로 푸는 유쾌한 사회》, 《어쩌지? 플라스틱은 돌고 돌아서 돌아온대!》, 《자연을 담은 색, 색이 만든 세상》 들이 있습니다.

우주선 탄 엄마

초판 1쇄 펴낸 날 2024년 12월 20일

동시 송명숙
그림 박진주

펴낸이 권인수 | **펴낸 곳** 도토리숲 | **출판등록** 2012년 1월 25일(제313-2012-151호)

주소 (우)03940 서울 마포구 모래내로 7길 38, 2층 202-5호(성산동 137-3)
전화 070-8879-5026 | **팩스** 02-337-5026 | **이메일** booknforest@naver.com
블로그 https://blog.naver.com/dotoribook | **인스타그램** @acorn_forest_book
스마트스토어 https://smartstore.naver.com/acornforestbook

기획편집 권병재 | **디자인** 박정현

시 ⓒ 송명숙 2024, 그림 ⓒ 박진주 2024

ISBN 979-11-93599-10-5 73810

* 이 책은 저작권법에 따라 보호를 받는 저작물이므로, 무단 전재와 무단 복제를 금하며, 이 책에 실린 동
  시조를 이용하시려면 반드시 저작권자와 도토리숲의 동의를 받아야 합니다
* 책값은 뒤표지에 있습니다.

*어린이 제품 안전특별법에 의한 표시 사항
제조자명 도토리숲 | 제조국 대한민국 | 사용연령 8세 이상